句集

てっぺんの星

✳

黛まどか

本阿弥書店

句集◆てっぺんの星＊目次

デザイン　井原靖章

句集✦てっぺんの星

黛まどか

春

Spring

下関「東行庵」にて

梅香る風の切っ先触れてより

わらんべも仏も濡れて花まつり

春めきぬ祖母の形見の鏡より
その中に回らぬ一つ風車

堅香子の花や校歌に婦女の訓

道のべの神に仏に水温む

木挽町春の日傘を躱し合ひ

十代目坂東三津五郎襲名披露

花道に男が消えて冴返る

啓蟄の墓の大きな湯呑みかな
占ひの大きく外れあたたかし

湯上りの突つ切つてゆく雛の前

連絡船発たせて島の朧めく

戯れに魚板を打ちて花の昼

花よりも水に添ひたる花衣

さくらさくら背らに母の杖の音

本丸にまだ整はぬ花の冷

佳き月を連れて来りし花衣
とどまると見せて漂ふ花筏

花冷の鋳をあらはに仏たち
転びたる子がすぐ立てる花吹雪

草餅に雨上がりたる茶店かな

万愚節魚拓の鯛の口開けて

鳥引いて湖に火照りの残りけり
花の坂遅れがちなる人を待ち

空瓶に使はぬボタン鳥の恋
じやんけんのあひこが続き山笑ふ

Spring

囀の中に母呼ぶ子の声も
野遊びの散らばつてすぐかたまりぬ

擦り剝きし膝を揃へて雛の客
春の泥つけて表彰されてをり

病室のあくたもくたも春めける
囀に任せきつたる一樹かな

黄塵を仇のやうに払ひをり
一つ風に揺れを違へて二輪草

逆打ちの遍路と出会ふ花の下

夕照りの海へ傾く遍路笠

かにかくにうどんは讃岐山笑ふ

つるかめつるかめ春の闇戻りをり

手相見に声掛けられて朧めく

春愁や待てずに返す砂時計

花冷や黒衣《くろご》はいつも小走りに

道行は女が先に鐘朧

青々と水をひろげて残る鳥

篁を風の離れぬ利休の忌

研ぎ上げし刃を匂はせて雪解風
岐れてはまた添ふ流れ猫柳

第一回湯河原句会　十代目坂東三津五郎丈、七代目中村芝雀丈と

大和屋も京屋もひとつ花の宿

竹の秋湯宿に小さき文机

落人の村とも春の落葉焚き

春惜しむなんじゃもんじゃの木の下で

教会の椅子の軋みもリラの冷

東日本大震災

満開の桜に明日を疑はず

夏

Summer

大漁の風を舳先に鯉のぼり

黄金週間弓なりの水平線

一帆の沖を横切る更衣

新茶淹れて丁稚羊羹厚切りに

歌舞伎座　二句

つぎつぎと筋斗《とんぼ》を切って夏に入る

頃合に柝の音のひびく涼しさよ

卯の花や京のみやげの脂取り

若葉風大船観音浮かしけり

梅干して母に増えたる独り言
父の日の何とはなしに過ぎにけり

風の道ふさいで母の大昼寝

川上へ舳先を揃へ花火待つ

ずぶ濡れに男が帰る祭かな

潮風に抱かれてゐたり竹婦人

俳句座☆シーズンズ　湯河原吟行　三句

涼しさを一打の鐘に分け合へる

指呼の間に初島置いて夏めける

サングラスすぐに一人になりたがる

捨て切れぬものに囲まれ梅雨籠り

衣更へて銀座に潮の匂ひかな

傘雨忌の蕎麦に打ちたる舌鼓

おくのほそ道　八句

これよりは奥の卯の花腐しかな

夏草の雨にけぶれる平泉

月山の風に応へて早苗かな
五大堂したたる山を収めたり

頂は雲にあづけて嶺桜
青田波押し寄せてゐる舫ひ石

市振の松にはじまる涼しさよ
貝がらにくれなゐほのと夏惜しむ

蝶吐いて函嶺梅雨を深めをり

緑さす駅長室に湯の沸いて

男勝りの香水を匂はする

芙美子忌の踏んで消したる煙草の火

すれ違ふ人に水の香蛍の夜

火の色の浴衣を収め乱れ箱

漆黒の硯の海も鑑真忌

三伏や塩の利きたる茹で小豆

明易し遺影の誰もほほ笑んで

日焼子に囲まれてゐるバケツかな

木漏れ日を胸に集めて三尺寝
笛の音も神輿も雨に濡れにけり

甲子園　十四句

蔦青々と甲子園開幕す

得点の0の並べる暑さかな

全身に灼くる土浴びホームイン

先制の一打に太る雲の峰

片陰を溢れて歌ふ応援歌
背番号なきが最も日焼せる

校歌斉唱炎ゆる日を真つ向に

夜濯に外す鎮守の守り札

マウンドへ伝令走る西日かな

銀《ぎん》傘《さん》の深きに鳴らすラムネ玉

逆転の一打に夕焼拡がりぬ

敵を讃へ味方を讃へ涼しかり

思ひ切り振つて三振爽やかに

円陣のわつとほどけて天高し

先生を乗せて船着く南風

広島忌水かげろふを橋裏に

鸚鵡句会　故宗左近先生宅にて発句

縄文の風吹いてくる泉かな

「日本再発見塾」滋賀県高島市にて

留守らしき川《か》端《ばた》にトマト二つ三つ

NHK「アースウォッチャー　月から見た地球」に寄せて

その中のしたたる星として現るる

夏富士を称へる機上アナウンス

土用三郎茶柱を立たせけり

祭来る沖に兎を走らせて

下ろされし帆に風の皺潮の皺

湯上りの香の中にゐて遠花火

くれなゐを支へ切れずに薔薇崩る

手花火の菊や牡丹や京の路地

夕凪に混み合つてくる街の音
夜の秋母が遅れて膳につき

秋

Autumn

一蹴りに馬の駈け出す花野かな

鳥渡りきつたる空の青さかな

身に入むや一歯欠けたるお六櫛
かなかなしぐれ湯上りの盆の窪

福井県三国町　二句

月影に萩のもつるる廓跡

思案橋色なき風と渡りけり

誰《たが》袖《そで》の触れてこぼしぬ実むらさき
靴音の露けき石塀小路かな

歌舞伎座　二句

大向うより新涼の女声

秋扇もて後ろよりつつかれし

遥かより来て遥かへと秋日傘

ある朝の案山子の仏倒しかな

七夕の竹に願ひの混み合へる
甲板に見知らぬ人と星今宵

富士山へ雲の集まる厄日かな
きつかけを逸して踊り続けをり

人違ひされて振り向く秋の風
こまごまと過ぎし一日ぬかご飯

縄跳びの大波小波夕化粧

残る蚊を打ちたる音に驚きぬ

新涼の一つ灯に寄る通夜の客

昼酒は人肌がよし西鶴忌

泣きじやくる赤子に釣瓶落しかな

芋嵐旅の途中に地図買つて

湯上りの爪切る音も十三夜
花野行く産衣のやうな風を着て

柘榴の実割けて日暮を呼んでをり

しまひ湯に桶ひびかせて十三夜

踏み分けて手折るままこのしりぬぐひ
草の香に一舟もやふ最上川

真つ先にもつてのほかに箸つけて
とどのつまりが大方は毒茸

露けしや嫁ぎて後のこと知らず

木の実降る絵本のやうな雲浮かべ

行く秋の凭れてぬくき野面積

ほどほどに良き日でありし衣被

菊着せられて弁慶の立往生
縁側に何でも干して鵙日和

宿帳に身に入む一句ありにけり

風の盆　三句

秋風のやがては恋のおわら節

夜流しの一途に上る女坂

爽やかに尻つぱしよりの男かな

産土の神よ仏よ今年米

蔦の輪の二重に三重に浦は秋

水底の砂踊らせて水澄めり

桐一葉して富山より薬売

向う鎚ひびかせて秋深みけり

爽やかに蹴り返されしボールかな

よき音を立て秋扇閉ぢらるる

岩手県葛巻町　三句

葛巻は風のふるさと蕎麦の花

秋思とも旅ごころとも樺の風

秋高し蕎麦碾く水車よくく回り

恋争ひの三山も粧へる

明日香

薬研とはまことに身に入む湯なりけり

薬研温泉

林檎ひとつ車窓に奥の旅つづく

秋日傘坂の途中に海を見て

近江

漁りの舟を湖心に秋行けり

「日本再発見塾」岡山県新庄村にて

柿吊つてだあれもゐない宿場街

福島県飯舘村

をちこちに花野を展べて村の黙

岩手県野田村・岩泉町の被災者と句座を囲む

海彦も山彦も来て秋惜しむ

冬

Winter

腿に火照りの残る翁の忌
鈴の音ひとつこぼして冬遍路

哲学の道冬帽の振り向かず

菓子の名の夕子といへる片時雨

神籤開いて悴みし手から手へ

短日の軋み癖ある小抽斗

日和を言ひ恙を言ひて酢茎売

襟立てて東京駅に別れけり

噴水の背丈の揃ふ寒さかな

夕焚火そびらをなんやかや通る

日溜りに鳥を集めて山眠る

スケートの花びらほどの衣まとひ

冬の百合己が花粉に塗れたる
止り木に木枯を来し顔ばかり

果たせぬままの約束も冬に入る

立冬の前日に秋山巳之流先生逝く

今日よりは眠れる山を仰ぐべし

冬ざれてゆく噴水の辺りより
抜け道の方が混み合ふ神の留守

ボージョレーヌーボーナプキンの耳立てて

横浜に馴染みのホテル冬薔薇

見張られてゐるかのやうに冬座敷
東京に富士を見てゐる十二月

帰り花足袋の鞐の外れがち

舐めて貼る切手の甘し一葉忌

冬

炉話の窓辺に星のこぞりたる
煤逃げのやうなる赤いベレー帽

嫁ぎ来し頃のことなど榾ついで
結局は母が立ちたる炬燵かな

山仰ぎをり湯たんぽの湯を捨てて
枯きはまれり名の草も名もあらぬ草も

しまひ湯に浮かんで柚子の疵だらけ

てつぺんの星が傾げる聖樹かな

茶の花や会ふときいつも割烹着

箱根駅伝

息白し襷渡すも受け取るも

笹鳴に玉露の終のひと雫
大くさめ放ちて銀座四丁目

枯日向ときに赤子の世辞笑ひ
懐手解かせるまでの話かな

風の音とも天狼の叫びとも
天狼を掲げて村の深眠り

月光に氷柱の太る旅寝かな

短日の寄席に手品も紙切りも

寒柝に逃避行めく思ひかな

義士の日の夕べをひそと忘れ水

忘れ物預かつてより風邪心地

大年や木のふところに子が群れて

小春日の少し離れて父と母

嘴曲げて鶴折り上がる霜夜かな

第二回湯河原句会　うおしづ旅館にて　二句

日に溺れ風につまづき冬の蝶

花八手昼の湯浴みに灯ともして

父祖の墓抱いて耀ふ蜜柑山

天草

からゆきの島々かけて時雨虹

数へ日の媼座のいつも空いてをり

秋田県小坂町　三句

雪女はたして雪の来りけり

出囃子のやうに雪降る村芝居

待春の奈落に溜まる紙吹雪

南座の三階席に年惜しむ

歳晩の小暗がりより下足番

水餅のほのぼの白き夜明けかな

言ふだけ言つて寒紅を引き直す

寒晴に面構へよき鬼瓦

寒月を浴びて雄心をみなにも

実朝忌空に勝れる海の青
ふぐり落し靴音高く帰りけり

新年

New year

しばらくは日を載せてゐる名刺受

すつぽりと山影に入るどんどの火

初風にちぎれんばかり大漁旗

投扇の外れてにほふ畳かな

湘南電車より伊豆の海を望む

七島の三島見せて初電車

初市の荷を解く松の根方かな

日向の香置いてゆきたる注連貫

寄席帰り切山椒を家苞に

初景色スカイツリーを加へたる

鷽替へてあつけらかんと空の青

人日の吹かるるままに雀どち
手毬つく唄に遅れつ先んじつ

鮒釣の少年に会ふ恵方かな
たまさかに出しては開く懸想文

松籟にすがら囲まれ初点前
ぽつぺんを吹きたる後の遠目がち

パリ

八十八句

Paris

啓蟄のカフェに実存主義者たち
土ほろほろとパンジーを購へる

花明りしてカミーユクローデル広場
鳥雲に入るやセーヌは波立《だ》ちて

「考える人」薔薇の芽に囲まれて
人影のありぬ余寒の懺悔室

鐘涼しセーヌへ窓を開け放ち
アカシアの雨に畳める蚤の市

夏木立凱旋門へ絞らるる

聖堂の灼け切つて鐘鳴らしけり

パリー祭屋根裏部屋に月さして
革命記念日地下鉄を乗り継いで

しまひには破れかぶれの揚花火
両替橋芸術橋と涼しかり

炎天へ剣突き上げてミカエル像

橋裏に声撥ね返る船遊び

芙美子忌を異国のカフェの止り木に
ベランダに雀を寄せて明易し

伯爵の遺愛のチェスや緑さす
口笛のセーヌを渡る涼しさよ

パリ

噴水を人待ち顔の囲みをり
コンコルド広場峰雲を育てをり

パレットに緑の風の溶かれをり

結ぶ手に西日をあつめマリア像

鈴懸の実の青々とミサの鐘
街涼し黒歌鳥を屋根の上に

ベルサイユ宮殿炎天を支へをり

クルーズに日本語ガイド夏盛ん

睡蓮に真昼の水の黙深し

夕立がくるぞくるぞとオベリスク

夕涼のセーヌを背にブキニスト

遠雷や古城にいくつ隠し部屋

割り込んできて香水を匂はせる
滴りに跪きたる聖女像

階段の斜めに減つて晩夏光

マラルメの家

飴色に暮れて詩人の籐寝椅子

行く夏の少年ひとり教会に
ギャルソンのエプロン白く夏惜しむ

日仏合同吟行会　フォンテーヌブローにて

蝶二つ沈めて深し草いきれ

ポール・ルイ・クーシューのセーヌ河吟行を辿る　十句

街涼しセーヌ涼しと船進む

船長は無口がよろし雲の峰

炎ゆる日へ突つ込んでいく舳先かな

青々とセーヌ伸びゆく麦の秋

甲板に水夫の口笛涼しかり

桟橋を揺らして戻る涼夜かな

片時も舵は放さずサングラス

桟橋も舫へる船も灼けてをり
うちつけに歓声上がる夏館

夕焼の舳先に旅を惜しみけり

バゲットを抱へて帰る秋の風

ミラボー橋なかばの秋の日傘かな

八月十五日セーヌのきらめきに

二日目のパンの固さよ小鳥来る

秋冷や昼の灯こぼす懺悔室

薔薇窓に日の溢れたる秋思かな

新涼やオセロの駒の白と黒

石ひとつマリアに積めり秋の風

しばらくはセーヌに沿へる良夜かな

焼栗に指を汚してパリジェンヌ

王様の森を称へて木の実降る

草の香にミレー、ルソーの墓隣る
冷まじや素足におはすマリア像

物乞ひに襟立ててゆく人ばかり

シャンゼリゼ一直線の寒さかな

晩鐘に落葉を急ぐカルチェ・ラタン
白壁にとり囲まれて風邪心地

枯蔦のがんじがらめに館古る
着ぶくれてひやかしてゐる蚤の市

神留守の国より届く宅急便
回廊をめぐり冬めく靴の音

枯葉舞ふパリの通りに詩人の名
ドゥー・マゴの椅子の汚れも四温なる

絶巓を得て天狼のひたすらに
ひと揺すりして購へる聖樹かな

息白く見送られたるリヨン駅

雪しんしんと揺れやまぬ祈りの灯

遅れ来てことさらマント翻す
星仰ぐホットワインの湯気に噎せ

悴む手息でぬくめてより祈る

足元に犬の戯れくる雪催

舷に鷗を鳴かせクリスマス

薬喰宿の主に火の香して

パンを買ふ列につきゐて年惜しむ

巡礼の跨いでゆける初氷

シテ島にさざ波寄する淑気かな

読初のボードレールの怒りやう

エッフェル塔収まり切れず初写真
初笑ひ通訳されてやうやくに

解説

坂口昌弘

黛まどかについて、俳句の解説以前に触れておくべき大切なことは、まどかは大変行動的な俳人であるということである。俳句に関する企画に自ら積極的に参画した後におのずと俳句が生まれるというおもむきである。何か不思議な情念に駆られたように行動している姿である。句集『B面の夏』に始まる十七年間の多彩な活動は、今までの俳人には見られなかったところである。

最近だけでも、文化庁派遣の文化交流使としてフランスを拠点にヨーロッパ七ヵ国で一年間活動したこと、フランスから帰ってすぐに東日本大震災の被災地を訪問したこと、万葉集のオペラの台本を書き千住明の作曲により上演したこと等々、どれ一つをとっても努力と能力を要する活動である。

多彩な活動を貫いているのは、前向きな性格に支えられた俳句への愛と情熱であり、華奢な身体に負けない精神的なエネルギーを秘めている俳人である。

若葉風大船観音浮かしけり　まどか
七夕の竹に願ひの混み合へる
佳き月を連れて来りし花衣
風の道ふさいで母の大昼寝

滑稽・諧謔は俳句の存在理由のひとつであり、まどかの句は品の良いユーモアを抱えている。大船観音は若葉風に浮き浮きとしている。後漢の時代以来二千年間、人々は二星神に願掛けをしてきたが、七夕の竹には乞願の札が混んでいると詠むのはウィットである。月も美しい花衣に魅せられて後をつけてくる。森羅万象に命と心を見つけることが同時にユーモアとウィットを生んでいる。風の通り道に昼寝する母の句はユーモアの中に母への愛がこめられている。

とどまると見せて漂ふ花筏　まどか
一つ風に揺れを違へて二輪草
月山の風に応へて早苗かな
囀に任せきつたる一樹かな
くれなゐを支へ切れずに薔薇崩る

表面的には写生句だが、自然が心と情を持っているかのように詠まれている。池の花筏は自らの意志をもって漂っている。二輪草の高さと大きさの異なる二つの花が、同じ風に吹かれても異なった揺れをあえて見せている。月山の麓の早苗は成長のために月山からの風をよろこんで迎えている。植物の生命と見えない風の気の関係を捉えている。「任せきつたる」という言葉に一本の樹木と鳥の囀との間の情の通いあいがあるようだ。薔薇の紅の色が極まれば崩れ出す花に意志と命を詠んでいる。

前句集『忘れ貝』の解説で中西進は、まどかの句は「序」から「破」の状態に入ったと言う。「序」での句風はどちらかというと主観的で自らの心情を詠う叙情的な句が主であった。「月刊ヘップバーン」終刊以降の句を中心にまとめた今回の句集には写生句が多い。俳句の本道である写生句においてもその道を極めようとしている。『その瞬間』で自ら述べるように、写生を通じて「命(自分自身)と命(自然)の呼応であり、交歓である」といった目に見えない根源的なものを句の中で捉えている。

全身に灼くる土浴びホームイン　まどか
じやんけんのあひこが続き山笑ふ
転びたる子がすぐ立てる花吹雪

一句目は、作者の甥が甲子園に出場した時の句であろう。土まみれでホームにすべり込む野球少年の情熱が詠まれている。作者は少年少女の姿をうまく捉えていて、心の優しさが感じられる。俳句に物語性があるのは初期からの特徴である。

夏木立凱旋門へ絞らるる　まどか
パリー祭屋根裏部屋に月さして

物乞ひに襟立ててゆく人ばかり
聖堂の灼け切つて鐘鳴らしけり
ひと揺すりして購へる聖樹かな
革命記念日地下鉄を乗り継いで

これらはパリで一年間生活した時の句である。まどかはヨーロッパの人々に俳句における有季定型の必要性を説明することに苦労したようだが、パリでの句は一年間出会った風景が季節感と生活感を伴ってまざまざと描かれている。凱旋門へむかっての並木の姿は遠近法に基づく絵画のようである。屋根裏部屋に月の光が射し込む風景は観光客には詠めない句であり、その部屋では月光下に今から何かが起こりそうな気配である。今ヨーロッパは金融不安により実体経済が危機に瀕しているが、物乞いを無視して通り過ぎる多くのパリジャンの姿が「襟立てて」の一語で目に浮かぶ。この一句がパリの社会情勢をよく映している。灼け切った聖堂やひと揺すりして購う聖樹もパリに独りで暮らしてみないと見えてこない風景である。地下鉄を乗り継いで俳句や日本文化を説明して回る姿は、フランスと日本の文化を繋ぐ架け橋となる行為であり、講演を聞いてはじめて俳句を作るパリジェンヌには精神的な記念日となろう。

二〇一一年十二月十二日

（短詩型文芸評論家）

あとがき

本書は、『忘れ貝』以後、約五年ぶりの句集である。この間、主宰していた「月刊ヘップバーン」の終刊をはじめ、「日本再発見塾」の発足、オペラの台本執筆、文化交流使としての渡仏など、様々なことがあった。病も得た。「何か不思議な情念に駆られたように行動している」と、解説で坂口昌弘氏が書いてくださっているように、何かに突き動かされるように、或いは導かれるように活動してきた。抗えない流れの中にいるような気もする。

いずれの活動もどこかで俳句につながり、私の人生を豊かにしてくれている。病でさえも、やがては俳句に帰結し、昇華する。実にありがたい表現形式であり、これこそが俳句の底力だと思う。

集名「てっぺんの星」は、「てつぺんの星が傾げる聖樹かな」から採った。「月刊ヘップバーン」の終刊を報告しに、森澄雄先生を大泉学園のご自宅に訪ねた折のことである。私の話に先生は一言「それでいいよ」とおっしゃった。そしていつもお宅にお邪魔するたびにそうしていたように、ノートを回して俳句を作ることになった。森家のリビングには大きなクリスマスツリーが飾られていた。少し傾いだてっぺんの星は、間もなく解散となる会の代表である私自身に重なった。「月刊ヘップバーン」の主なメンバーは、解散した後も「俳句座☆シーズンズ」としてネット上での俳句活動を展開、私の志を継いでくれている。

本集刊行にあたり、本阿弥書店の田中利夫編集長、安田まどかさんに大変お世話になった。また、解説を書いてくださった坂口昌弘さんにも、この場を借りてお礼申し上げたい。

二〇一一年十二月二十四日

黛　まどか

◆著者略歴

黛まどか（まゆずみ　まどか）

俳人。神奈川県生まれ。一九九四年、「B面の夏」五十句で第四十回角川俳句賞奨励賞受賞。同年、俳句サークル「東京ヘップバーン」発足。一九九六年、俳句誌「月刊ヘップバーン」創刊・主宰（二〇〇六年、通巻一〇〇号を機に終刊）。一九九九年、北スペイン・サンチャゴ巡礼道約八〇〇キロを徒歩で踏破したのに続き、二〇〇一年～二〇〇二年、四季にわたり五回訪韓し、釜山からソウルまでの道のり約五〇〇キロを徒歩で踏破。二〇〇二年、『京都の恋』で第二回山本健吉文学賞受賞。二〇〇九年・二〇一一年初演のオペラ「万葉集（明日香風編・二上山挽歌編）」、二〇一四年初演のオペラ「滝の白糸」の台本を手がける。二〇一〇年四月～二〇一一年三月、文化庁「文化交流使」としてパリを拠点に活動。現在、「日本再発見塾」呼びかけ人代表、北里大学客員教授、京都橘大学客員教授。

主な著書に、句集『B面の夏』（角川書店）、『夏の恋』（学習研究社）、『花ごろも』『京都の恋』（以上、PHP研究所）、『くちづけ』（角川春樹事務所）、『忘れ貝』（文學の森）、紀行『ら・ら・ら「奥の細道」』（光文社）、『星の旅人』（角川文庫）、『サランヘヨ』（実業之日本社）、『文豪、偉人の「愛」をたどる旅』（集英社）、『ふくしま讃歌』（新日本出版社）、エッセイ『知っておきたい「この一句」』（PHP文庫）、『あなたへの一句』（バジリコ）、『その瞬間』（角川学芸出版）、『うた、ひとひら』（新日本出版社）、茂木健一郎氏との共著『俳句脳』（角川書店）、『言葉で世界を変えよう』（東京書籍）。

黛まどか公式ホームページ　http://madoka575.co.jp

句集 てっぺんの星《ほし》

二〇一二年 三 月 十六 日 第一刷
二〇一六年十二月二十四日 第二刷

定価 本体二〇〇〇円（税別）

著者 黛まどか
発行者 奥田洋子
発行所 本阿弥《ほんあみ》書店
東京都千代田区猿楽町二―一―八 三恵ビル 〒一〇一―〇〇六四
電話 〇三（三二九四）七〇六八（代） 振替 00100-5-164430

印刷・製本 日本ハイコム株式会社

 ISBN978-4-7768-0868-8 (2597)